Story 명랑 ✕ **잿슨 Art**

저번에 도와주신 일도
잘 처리되어…
입궁한 김에 인사나
할 겸 들른 건데,

너무
시간을 많이 뺏은 건
아닌가 모르겠어요.
란델 경.

무슨 말씀을요.
베아르시 왕국을 대표하는
공작가의 레이디들께
도움을 드릴 수 있었던
것만으로도

무한한 영광으로
생각하고
있었습니다.

어머~ 소문대로
아름다운 외모에
겸손하시기까지…

혹시 이번
코르디스의 파트너는
구하셨나요?

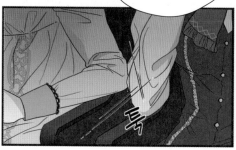

오호호

깔깔

툭

5

역겹군.
가식적인 목소리에 공기마저
오염되는 기분이야.

조금만 더…

생각할 시간을
주세요.

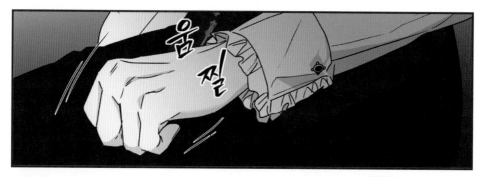

…

…?

고민에 빠지셨나 봐.
그러니 괜한 소리를
해서는.

어쩜~
고민에 잠긴 얼굴도
저리 근사하실까…

너무 진지하게
생각지 말아요.
궁금해 가벼이
던진 말이니…

아, 이런…
아닙니다.

오후에
급한 일정이 떠올라서
잠시 제가 실례를
범했습니다.

아니에요. 호호호.
저희도 이제 그만
가려던 참이니까.

7

부디 빨리… 빠른 시일에
돌려주셨으면 좋겠어요.

왜… 하필 그 여자가
떠오르는 걸까?

무슨 걱정이라도
있으신 건가?

아까부터 전혀
집중을 못 하시네.

10

생각할수록 괘씸하군.
오지 않겠다면
내가 직접 찾아가지.

다이크 경,
오늘은 급한 일이 생겨서
조금 일찍 출궁하고
싶은데, 괜찮겠지?

아…네.
그럼요.
물론이죠.

분명...
무슨 일이 있어.
분명해.

그 여자가
신경 쓰이는 건
무엇 때문일까?

13

다시 보면 조금이라도
의문이 풀릴 수 있을까?

저벅!

저벅!

아이젠 티아세…

멈
칫

꿀
꺽

공작님.
오랜만에 뵙습니다.

저벅
저벅

이게 누구야.
란델 후작 아닌가!

그래. 오랜만에
보는 것 같군.
그간 잘 지냈나?

역시 나 때문에
책 속의 내용들이
틀어지고 있는 것 같아.

마냥 이렇게
그를 멀리하는 것이
과연 좋은 방향일까?

옷을 돌려줘?
말아?

그를 찾아가?
말아?

아제프…

나 당신이
너무 보고 싶어.

슥!

아제프 란델.

그래,
엘제이가 이자를
마음에 두고 있단 말이지.

사윗감으로 탐나는
인재이긴 하지만…

문장의 보유자가 아니라면
엘제이와의 인연이
허락될 리 없겠지.

아, 공작님.
일전의 일은…

일전의
일이라면…

…

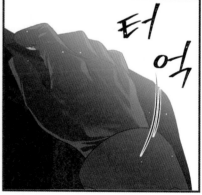

터
억

21

허허..

그래.
저번에 논의했던
그 일 말이로군.

다행히
엘제이와의 일은
모르는 것 같군.

싱긋..

흠. 글쎄...
과연 자네 말처럼
버림받은 황자가
그리 쉽게 돌아올 수
있을까?

스

으

쏙닥..

분명
돌아오실
겁니다.

섣불리
루드비히 황자님을
지지하기보단 조금 더
시간을 가지고 기다려보는
것은 어떠실지...

역시
그런가?

자네의 의견은
믿을 만하지.
내 참고하겠네.

아쉽군.

자네가 우리 딸과
인연이 닿았다면
좋았을 텐데…

실은 요즘 장녀가
몸이 좀 안 좋아서
말이야.

표정이
어두우신데…
무슨 걱정이라도
있으십니까?

…

자넨 모를 테지만
딸아이의 건강은
아비로서 여간
신경 쓰이는 것이
아니라네.

엘제이?
그녀가 아프다고?

저런... 걱정이 많으시겠습니다. 부디 빨리 쾌차 하시길...

고맙네. 그 아이만 생각하면 마음이 쓰여 일에 집중이 되질 않아.

정확히는 그 아이의 반려를 찾는 일이지만...

툭!

네. 그럼 다음에 또 뵙겠습니다.

꾸벅

하여튼 난 이만 들어가보겠네. 수고하게.

대체 어디가 아픈 걸까?

저리도 걱정하는 걸 보면 평소에도 자주 아팠던 걸까?

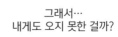

그래서... 내게도 오지 못한 걸까?

한 번만…
딱 한 번만
다시 만나자.

그래,
난 그를 구하기 위해
이곳에 온 거잖아.

사락

그러니까… 이 정도는
내 욕심을 부려도
되지 않을까?

아니야. 그랬다가
나 때문에 바뀐 운명이
그에게 더 가혹하면
어쩌지?

어쩌면 좋을까?
내가 어찌하는 것이
그를 행복하게
할 수 있을까?

슥

애초에
문장이 없었다면,

26

내가 정말 그가 아닌 다른 사람을 사랑하게 될까?

문장의 상대가 나타난다 해도 내 마음은 변하지 않을 것 같은데…

싸

아

아

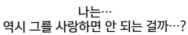

나는…
역시 그를 사랑하면 안 되는 걸까…?

똑

똑…!

?!

합...

씨익~

저 여기
몰래 들어왔어요.

그러니 불법 침입자로
잡혀가게 만들고
싶지 않으면...
조금만 조용히.

...여긴 어떻게
온 거예요?

계속 기다렸는데...
제이가 오지 않으니
제가 올 수 밖에요.

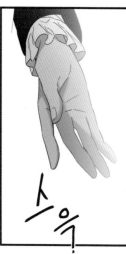

스윽

나올래요?

스륵

당신이
보고 싶었어요.
제이…

제이는
저 안 보고
싶었어요?

두근…

저…
저는…

두근

두근

두근

보고 싶었어요.
다시 이렇게 만나고 싶었어요.
당신과 좀 더…

지나던 길에 잠시 당신의
얼굴만 보고 가려 했는데…
이렇게 직접 보니
그러기 싫어졌어요.

어둠이
내려앉긴 했지만…
괜찮으면 저랑 같이
갈래요?

어…
어딜요?

밤하늘에
산책하기 좋은 곳이
있어요.

저만의 장소인데
제이와 꼭 같이
가보고 싶어서…

거짓말이란 걸 알아요…
당신의 마음도…
날 향한 미소도…

아…

하지만 오늘 밤
하루만큼은…

당신과 함께할래요.

조···
좋아···

?!

저벅

저벅

두근

두근

이상하다.
분명 사람 소리가
들렸는데?

거봐.
내가 뭐랬어?
잘못 들은
거라니까…

이 시간에 여기서
돌아다닐 사람이
어디 있다고…

두근…

두근…

자. 그만 가세.
교대할 시간도 얼마
남지 않았잖아.

스윽

벌써 시간이
그리 됐나?

저벅

저벅!

휴우~
이제 갔어요.
다행이다.

하하.
다행이라니…

누가
악역이에요?

멈칫

지금 상황에선
누가 봐도 제가 악역이고
당신이 인질인데,

그렇게
안도하는 경우가
어디 있어요?

전 제 의지로
당신과 함께 있는 것이니
인질이 아니에요.

당신도 저를
억지로 끌고 온 게 아니니
악역이 아니고요.

...

정말 끌고 가서
나쁜 짓이라도 하면
어쩌려고 그리 순진한
발상을 하는지...

어설프기도
해라.

저를 그 정도로
믿어주는지는
몰랐는데...

그럼 제가 좀 더 나쁜 짓을 해도 될까요?

그래도 전 제이에게 악역이 아닌 거죠?

좀 더 나쁜 짓이라면…

물론 그러지 않았으면 하지만…

만약 한다고 해도 전 당신을 말리지 못할 테니까, 차라리 공범자가 되는 게 낫겠네요.

…어느 정도로 나쁜 짓인데요?

그러니까… 이걸 넘자고요?

그렇지만
남의 집이 아니라
이거 우리 집
담장인데요?

하하...

남의 집
담장을 넘는 일이면
꽤 많이 나쁜
일이죠.

걱정 말아요.
혹여 들키더라도
제이 몫까지 벌은
제가 받을 테니…

그보다
가능하겠어요?
못 넘을 정도로
높은 편은
아니지만…

…생각해보니
안 될 것 같아요.

아무래도
그렇죠?

저도 도왔으니
벌을 받아도 같이
받아야죠.

스윽!

네?
그게 무슨…

으아아…
이놈의 드레스만
아니었어도…

!

자~
잡아요.

나의 공범자가 될 의지는 이리도 충분한데…

몸이 잘 안 따라주니 또 이렇게 도울 수 밖에요.

자. 받아줄 테니 겁먹지 말고…

이…
이게 대체…

하하…
하하하.

하하…!

저벅

저벅

저벅

아까 제이가
그렇게 웃는 얼굴.
전 처음 본 거
알아요?

저벅

죄송해요.
모처럼 일탈에
저도 모르게 너무
신이 났었나 봐요.

49

흉보려던 게
아니었어요.
그 모습이 너무
예뻐서…

참 많이
후회가 됐어요.

저벅

저벅

제가 그동안
당신을 너무 슬프게
했나 하고…

그런 적 없어요.
당신은 제게 언제나
반가웠는걸요.

그럼
앞으로도
울지 말고

그런데…
우리 지금 어디
가는 거예요?

글쎄…
가보면 알아요.

사
락

밤공기는
조금 찰지
모르니까…

꼭 잡아요.

짜
악

이렇게 졸린데…
잠이 오질 않는 건
왜일까?

이럴 땐,
제이 품에서 자는 게
최고지.

훗~

♪♬~

타

다
닥
용

작은 아가씨.
이 시간에 안 자고
대체 여기서 뭐 하고
계신 거예요?

읍~
으으읍읍...

큰 아가씨가
감기가 드셨는지 온몸에
열이 올라 약을 드시고
조금 전 힘들게 잠이
드셨어요.

그러니 방해
마시지요.

감기라고?
대체 얼마나 몸이
안 좋기에…

터벅

터벅!

가만… 그렇다면
내가 더더욱 살펴봐야
하는 거 아냐?

멈칫

알았어.
알겠다고…
가면 되잖아~

터벅

터벅

후우…

제이
아가씨…

대체 무슨
생각으로…

어때요?
상쾌하죠?

밤바람에
머릿속까지
시원해지는 기분이
들지 않아요?

실은 건강이
안 좋단 이야기를
들었거든요.

걱정과 달리
밝아 보여서 얼마나
안심이 됐는지
몰라요.

왜 그래요?
제이.

워어어어!

이런… 미안해요.
많이 무서웠어요?

제이가 이렇게
무서워하는 줄도
모르고 전…

거의 다 왔는데…
그만 말에서
내릴까요?

제가 마음이 너무 급했나 봐요.

빨리 이곳을 보여주고 싶은 욕심에 그만... 정말 미안해요.

아니에요. 이제 괜찮아 졌어요.

자. 이리로 와서 여기 앉아 봐요.

아제프... 왠지 들떠 보이네.

그런데... 뭘 보여주고 싶은 거예요?

여긴 아무것도 없잖아요.

자, 저길 봐요.

우와…

어때요?
정말 아름답죠?
이 별들을
볼 수 있는 곳은
여기뿐이에요.

네…
너무
예뻐요.

이런 광경은
태어나서
처음 보는 것
같아…

이곳에서
감상에 빠지지 않을
여잔 없지.

당신도 똑같아.

아…제프?

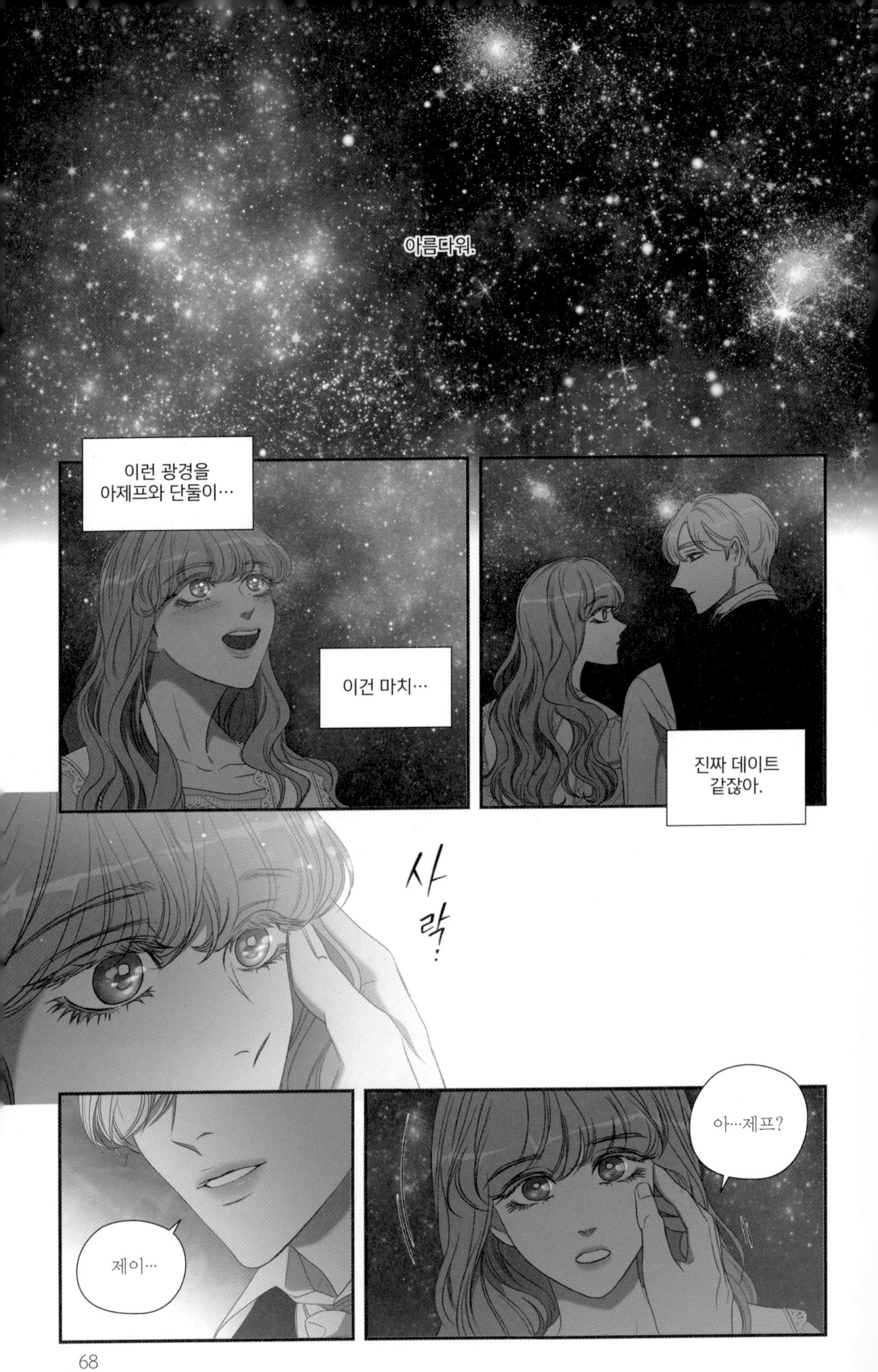
아름다워.
이런 광경을
아제프와 단둘이…
이건 마치…
진짜 데이트
같잖아.
사락!
아…제프?
제이…

쿵…

쿵…

쿵…

거부…한다고?

꾸욱…

분위기에 취해서
제가 실수를 했나
봅니다.

이런… 또 당신을
불편하게
만들었군요.
정말 미안해요.

미… 미안해요.
제이.
저도 모르게…

아… 아니에요.
그런 거…

경이로울 정도로
아름다운 풍경도…
혼자 보면 많이
쓸쓸했거든요.

하지만 오늘은
제이가 함께 있어줘서
몹시 행복했어요.

앞으로도
함께일 거란 생각에…
제가 주제넘었네요.

…미안해요.

당신을
받아주지 못해서…

꾸욱

당신과 멀어져야 하는데
멀어지고 싶지 않아요…

당신이
이렇게나 좋은데…

당신이 누구에게도
상처받는 일이 없었으면
좋겠는데…

바보 같아…

처음부터 여지를 남길 만한 행동은 하지 말았어야 했는데…

곁에라도 있고 싶어서, 자꾸 이렇게 욕심이 나서…

내 기분만 생각하다가 그에게 상처만 주고 말았어.

참으로 잔인하구나… 사랑하는 마음이 오히려 독이 된다니…

분명해.
이 여자는 날 진심으로
좋아하고 있다.

그건 결코
내 착각이 아니야.

그런데 왜
나에게 푹 빠진 것처럼
굴다가도

한순간 그렇게
밀어내는 걸까?

당장 겁박이라도
해서 알아내고
싶은 심정이지만…

그런 상상만으로도
낯선 심장의
울림이 느껴져.

이상하지.
네 앞에서는
나의 논리가 서지 않아.

넌 대체 뭐지?
난 네게 뭘까?

그래…
내가 모르는 것들은
차차 알아보면 될 일이지.

제이.
이제 다 왔어요.
조금… 진정이
됐어요?

네. 죄송해요.
갑자기 그렇게
울어버려서…

멈칫

아니에요.
그러지 말아요.
미안한 건 오히려
저인데…

계속 그렇게 굴면
제가 정말 당신을
볼 낯이 없어져요.

밤이 늦었으니
방 앞까지
데려다줄게요.
괜찮죠?

꼭이요.
이번에는 제이가
먼저… 와줬으면
좋겠네요.

이 옷도 많이
아끼는 거예요.

…그럼 이 옷도
깨끗이 세탁해서
꼭 돌려드릴게요.

매일 하나씩…
저의 옷을 돌려주러
와주세요.

제 말…
무슨 뜻인지
알겠어요?

저 지금 제이에게
애원하는 거예요.

절 외면하지
말아달라고…

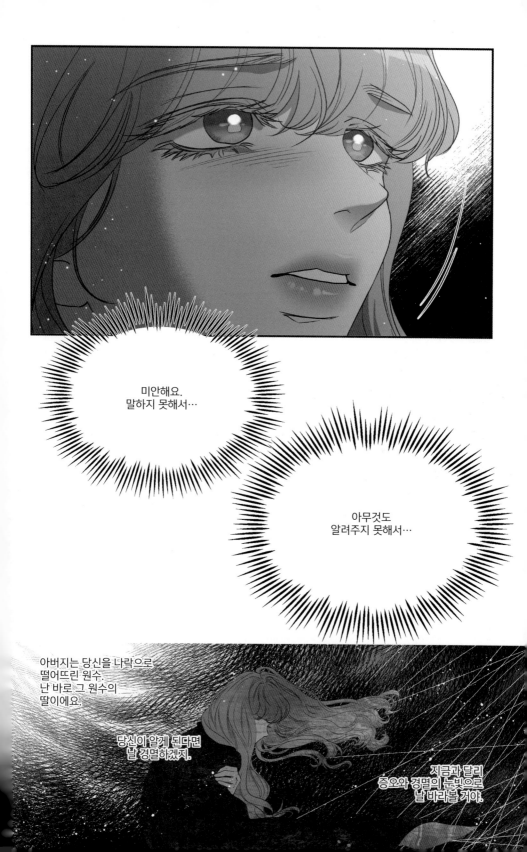

고마웠어요.
조심히
들어가세요.

탁!

이게
잘하고 있는 걸까?

후…

그래…
내가 그의 곁에 있어도
전혀 도움이 되지 않는다는 게
분명하니까…

꾸
욱

미안해요.
정말 미안해요,
아제프…

?!

아가씨…

시…
시아?

친구라…

뻔히 날 좋아하면서…

그렇게나 몇 번이고
내게 안겼으면서…

이제 와서 친구란 말로
거리를 두겠단 말이지?

아니.

그건 너무
화려해서…

조금 더
단정한
것으로…

꼬덕

그렇다면 마침
적당한 드레스가
떠오르네요.

사락

…시아.
어제는 많이
놀랐지?

미안.
멋대로 나가
버려서.

말도 말아요.
아가씨 침대에 누워서
정말 온갖 생각을
다 했으니까…

제게 남겨둔
메모가 없었다면 정말
큰 소란이 일어났을지도
몰라요.

하~
어제만 생각하면
아직도 심장이…

파닥

그렇다고
나인 척
침대에까지
누워 있을 줄은
상상도 못
했는데…

고마워.

아가씨
일인데…
당연한걸요.

씨익..

쿵!

언니이!!

괜찮은 거야?
오늘은 안 아파?
감기는 다 나았냐고!!

와
락!

아... 응.
푹 자고 나니
괜찮아졌어.

뭐야앙.
얼마나 걱정했다고.
자꾸 아프지 마.
응?

95

왜 그래?
대체 뭘
하려고…

뭘 하긴…

당장 갈기갈기
찢어버리려는 거지!

이리 줘봐.
그냥 보기만
하려는 거야.

설마
나 못 믿어?

안 돼.
오늘 돌려
드려야 해.

뭐?
잠깐…

그럼 지금
그 남자 보러 가려고
단장 중이었던
거야?

97

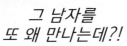

그 남자를
또 왜 만나는데?!

티아세 가로 들일
머리 좋은 시녀
하나를 뽑아
훈련시켜줘.

꾸벅

아...
알겠습니다.
후작님.

후작님!!

엘제이 티아세
공녀님께서
오셨습니다.

엘제이?

그녀가 이곳에…?

후작님.
어찌할까요?
응접실로
모실까요?

아니.
내가 직접
가겠다.

헉

저벅

저벅

제이. 어서 와요.

어떻게 된 거예요? 아침부터 이곳까지…

미처 연락을 드리지 못해 죄송해요.

급하게 드릴 말씀이 있어서…

아니에요. 잘 왔어요. 어서 와요.

경은 이제 그만 돌아가도 좋다.

공녀께서 돌아가시려면 시간이 꽤 걸릴 테니 가실 땐 내가 직접 모셔다드리도록 하지.

저… 후작님. 실례됩니다만 그렇게 할 수는 없습니다.

저는 아가씨를 지켜야 할 의무가…

끼일끔

괜찮아요.
그렇게 해요.

…

꾸벅.

알겠습니다.
아가씨. 그럼…

이랴아~

휙

타
그
닥

타
그
닥?

저벅

저벅

…

107

제이 오늘
엄청 예쁘네요.

네?

화사한 드레스가
너무 잘 어울려요.

배는
안 고파요?

아. 네…
아침 먹고
왔어요.

그렇군요.
그럼 들어갈
것이 아니라…

점심때까지
함께 말 타러
가는 것은
어때요?

말이요?

네. 저는 마침
산책을 좀 하려던
참이었거든요.

아…

그러셨군요.
제가 약속도 없이
찾아와 괜한
방해를…

아니에요.
방해라니요.
전혀요.

하지만 저는
보시다시피 차림이
불편해서…

상관없어요.
어제처럼 제가
태워드리면 되니
걱정 말아요.

사락

그렇지만…

참…
이거…

사실…
옷을 가져다
드리려고
왔어요.

스윽

어제의 옷은
세탁중이라
나중에 기사를
통해…

…

제이. 잠시만…
여기서 잠시만
기다려줘요.

…

대체
무슨 속셈일까?

어제는 그리 단호히
거절하더니

다음 날 다시 코트를 들고
집까지 찾아와서는…
급히 할 이야기가 있다?

거절할
생각이로군…

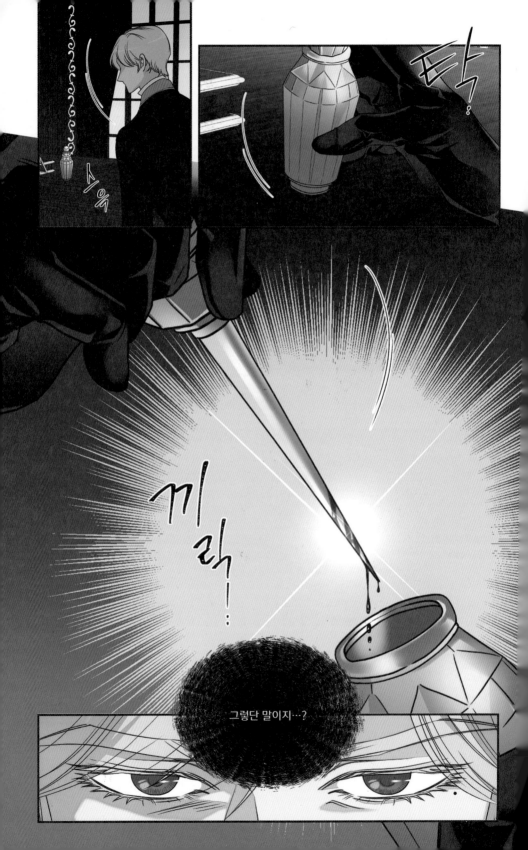

오늘만큼은 단호히 거절하는 거야.

아프게 들려도 당신이 사랑하게 되는 건

결국 내가 아니니까.

그럼…
이제 갈까요?

와… 란델 가 근처에 이런 숲이 있는 줄은 몰랐네요.

아제프… 사실 오늘 제가 온 진짜 이유는…

공기 좋죠? 어때요?

아주 조금만 달려볼까요?

무서우면 바로 속도를 늦출 테니 얘기해요.

저… 이렇게
멀리 가도
괜찮을까요?

힐끔

왜요?
난 둘만 있어서
방해받지 않고
오히려 좋은데…

파

앗

혁

크윽...

혁

혁!

혁!

괜찮아요?
어... 어떻해...
많이 다쳤어요?

혁!!

혁!

전...
괜찮아요.
제이야말로
괜찮아요?

다치지
않았어요?

떨
떨
떨

헉!

미… 미안해요.
저 때문에…

제가 서툴러서
미안해요…

헉!

미안해요.
아제프…

…당신 잘못이
아니니
미안해하지
말아요.

싱긋

독이군요.

아마도 저에게
원한을 품은 자가
제 목숨을 노리고
저지른 짓 같아요.

독이라고요?
누가 그런
짓을…

글쎄요.
저를 미워하는 사람이
한둘이 아니라서…

그보다
이 일로 당신이 제게
거리를 둘까 두렵네요.
많이 무서웠죠?

지금 무슨
그런 걱정을 해요.
다친 건 당신인데.

피가 나진 않지만
혹시 어딘가
부러지거나
한 거라면…

윽.

시종들을
불러올게요.

127

아니야...
우선 댈 수 있는
부목을 찾는 게
좋겠어요.

그러지 말아요.
주변에 또 다른
살수가 있으면
어쩌려고...

아제프.
여기 안장 밑에
간단한 약초와
붕대가 있어요.

다행히
알모어가
준비를 해둔
모양이군요.

어깨를 다쳐서
제가 혼자서는
못 할 것 같은데,
제이... 좀
도와줄래요?

제가
뭘 하면
될까요?

우선 저 좀
벗겨주세요.

네?

셔츠를 벗겨달라고요. 그래야 치료를 할 수 있으니까…

화

꾼

아… 알겠어요.

스

윽

툭!

투둑!

툭!

그… 그럼 벗길게요.

붕대랑 약초를
좀 주시겠어요?

자신을 망가뜨릴 정도로
외로웠으면서…

그 고통들이 남긴 흉터를
어떻게 그리 아무렇지
않은 것처럼 말해요…

그러니,
제발 저를···
살려주세요.

다치지 말아요···
흐으으윽···

대체…
왜 그렇게 우는 거야?

나와 거리를 두려 해서 살짝 겁박만 주려 했을 뿐인데

조금의 동정어린 눈으로 나를 봐주기를, 딱 그 정도를 기대하고 한 짓이라고.

대체… 왜 그렇게까지 슬퍼하는 거야. 당신…

흐

으

윽!

제이. 진정해요. 그만 울어요.

끄윽… 읍…

부들

부들

제이?

흐아아… 끄읍… 흐어어어엉.

썩

141

이…
이게 무슨?

또… 너는 정말,
어쩔 수 없는 아이로구나.

왜 그래요? 정신 좀 차려봐요.

아...파요.

제이!!

어디가... 대체 어디가 아픈데요? 제이.

아파요... 너무... 아파.

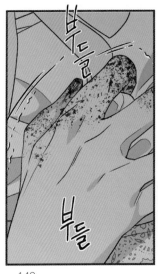

아닙니다.
공녀님의 몸에는
성력을 쓴 흔적이
없어요.

그럼 대체
왜 정신이 들지
않는 거지?
당신의 소견은
어떤가?

소인이
재주가 미천해
진맥만으로는
파악하기가
어렵습니다만…

게다가
저의 성력으로 아무런
회복 증세가 보이지
않는 걸 보면 다른
이유가 있는
듯한데…

손발이 무척 차갑고
성력으로도 상태가
나아지지 않는 것을 볼 때,
내상을 입은 건 아닌지
염려가 됩니다.

내상…?

설마… 그때
다치기라도 한 건가?

후작님께서
보호를 하셨다고는 해도
떨어지는 충격이
상당했을 테니까요.

혹시 모르니
제가 복진을 한번
해볼까요?

찌릿

복진이라면…

알모어!
이자들을 물리고
당장 여의원을
불러와.

…

죄…
죄송합니다…

아무리 그래도
저자들에게
당신의 겉옷을
벗기게 할 순
없지.

대체 어디가
아픈 거야…?

언제 눈을
뜰 거냐고,
제이…

깨끗이 씻겨줄
시녀들도 필요하겠군.

조이는 겉옷을 벗겨
몸을 조금 편하게
해주시는 게
좋겠습니다.

그보다
답답하진 않을까?
여의원이 도착하려면
시간이 꽤 걸릴 텐데…

스르릉!

후…

제장…
대체 이게
지금 무슨…

멈칫!

오해하지 마.
이건 그저 당신의
치료를 위해서야.

스윽…

당신이 내 셔츠를
벗겼던 것처럼…

그 외에는
어떤 사심도 없어.

그저 당신을
좀 더 편하게
해주고 싶은 것
뿐이라고…

젠장…
이게 뭐라고…

그래…
이게 한결 낫군.

사락..

하아..

벌

컥

으득..응

알모어.
누가 멋대로
노크도 없이
들어오라고
했지?

155

후작님께
서요.

조금 전에
한시가 급하니
아가씨께서
깨지 않도록 그냥
들어오라고
하셨잖아요.

여기
의원을 모시고
왔습니다.

△
우
!

너… 그 입을
좀 조심할 필요가
있어 보이는데.

꾸
우
욱
!

쓰…

윰찔

악!!

죄… 죄송합니다.
후작님. 제가 무슨
실수라도…?

낮추란 말이다…
그 목소리를 좀…

소
근
…

으음...

제이!! 깨어났군요.

몸은 좀 어때요? 괜찮아요?

아제프... 어떻게 된 거예요?

무리해서 일어나지 말아요. 잠시 그대로 있어요. 알겠죠?

뭣 하고 서 있나! 어서 환자를 살피지 않고.

네... 아, 알겠습니다.

전 정말 괜찮아요. 아제프.

전혀 아픈 곳이 없다고요. 저보다… 아제프는…

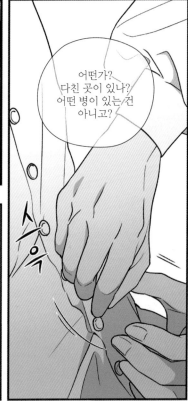

어떤가? 다친 곳이 있나? 어떤 병이 있는 건 아니고?

잠시만 조용히…

네.
환자분께서는
크게 다친 곳이
없으세요.

확실한 거야?
아파서 혼절까지
했는데…

전혀 이상이
없다니…

기력이 많이
쇠약해지긴 하셨어요.
혹시 최근 크게
신경 쓰고 계신 일이
있으신가요?

맥박이
불규칙한 걸 보니
크게 놀라신 일이
있었던 것 같기도
하고요.

돌아가
적합한 약을 지어
올리겠습니다.

휴식을 충분히
취하게 하시고
계속해서 신경 써
보살펴주셔야
합니다.

알겠다.
그리하지.

탁!

대체 무슨 일이에요? 왜 아프지도 않은 저를…

죄송해요. 다 저 때문이에요.

제가 괜히 당신을 심란하게 만들어서, 당신이 아픈가 봐요.

무슨 소리예요. 저는 정말 멀쩡한걸요? 그보다 다친 건 아제프잖아요.

아제프야말로 어서 치료를…

그만… 말하지 말아요.

다행히 본 사람은 없었지만 제이도 남들에게 알리고 싶지 않다 했으니 저도 입을 다물고 있을 겁니다.

그러니 오늘 일은 제이와 저만의 비밀로 해요. 알겠죠?

그러니까 대체 뭐가 비밀인데요?

진짜로 전혀
기억을 못하는 건가?

당신이
치료해줬잖아.
그 성력으로…

전 괜찮아요.
제이가 잠든 사이에
치료받았거든요.
크게 다친 건
아니라니까
걱정 말아요.

그래도
어디 봐요.

멈칫

어?
내 손이
왜 이러지?

말에서 떨어지면서
다쳤나 봐요.
이곳에 와서 보니
손이 많이 상해
있더라고요.

161

윽…

괜찮아요?
아제프.

약효가
떨어졌는지 조금
아파오네요.

어떡해…
많이 아파요?

네.
많이 아파요.
제이…

심하지는 않은데
통증이 조금씩 계속
올라오네요.

그래…
차라리 잘됐어.

162

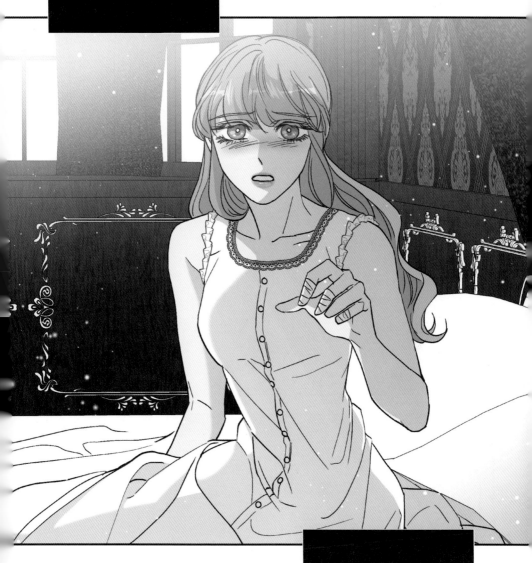

문제가 생긴다면
해결은 내가 할 테니…

그대는
나만 걱정하도록 해.

서 있지 말고
여기 옆에
앉아요.

찜질을 하면
좋을 텐데…
의원을 다시
불러올까요?

아니에요.
낯선 사람보다는
제이가 곁에 있는 게
더 편해요.

제가 이리
아픈데…
바로 갈 건
아니죠?

물론이죠.
저 때문에
다치신 건데…
당연히…

그럼 오늘은
저녁 먹고
느지막이 갔다가
내일 아침에
또 와줘요.

아픈 것도 싫지만
혼자 있는 건
더 싫거든요.

좀 더
누워 있어요.
내가 돌려보낼
테니…

저,
후작님…

나중에…

아, 저리 좀
비켜 봐요!!

?!

당신이 왜
여기에…

우리 제이
데리러 왔죠!
제이 여기 있죠?

또 찾아왔군.
성가시게…

후작님.
비켜주시죠?

주인의 허락도 없이
또 이렇게 멋대로 들어
오시다니 무례함은
여전하시군요.
티아세 양.

…멋대로
들어온 게 아니라
후작님 댁 집사가
열어준 문을 통해
들어왔거든요?

그리고
전 손님이니
대단하신 주인께서
안내를 해주셔야
할 것 같은데요.

끙…

제이는 지금 안정을 취해야 해요.

그러니 진심으로 언니를 위하는 티아세 양께서 물러나주시는 것이 어떠실지…

싱긋..

비키라니까!!

확

쿠

다

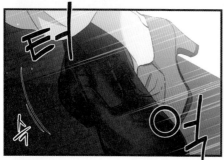

터

억

슈

따아아

엘리사?

이런… 티아세 양.
조심하셨어야죠.

자,
일어나세요.

부들

이렇게
고마울 데가…

부들

까

악

흥!!

엘리사!
어떻게 알고
온 거야?

멈칫

171

제이?!

후작님!!
말씀 좀
해보시죠?

우리 제이가
왜 저런
차림이죠?

그건…
혹시 모를 내상을
진찰하기 위해
그런 겁니다.
티아세 양.

아~ 그러세요? 진찰 아직 안 끝났나요?

하!

이빽

아니면 후작저가 그리 가난해요? 우리 제이에게 한 벌 빌려줄 옷이 없었어요?

티아세 양께서 시기 부적절하게 오셨다는 생각은 안 하시나 보군요.

이제 막 시녀들이 그녀를 씻겨드릴 참이었어요.

그러니까 왜 제이를 이곳에서 씻겨요?

제이가 저 정도로 다쳤으면 당장 우리 쪽으로 연락을 주셨어야죠.

오후가 될 때까지 오지 않으면 가족 입장에서는 얼마나 애가 타겠어요.

어떤 가족이요? 티아세 공작님께서는 아직 업무 중이신 걸로 아는데…

나요! 나!!

땅!

제가 제이 가족이잖아요! 하나뿐인 동생!

아 참 그랬죠. 용서하시길…

외모 외에는 전혀 닮은 구석이 없어 자꾸 깜빡 잊게 되는군요.

전 의원을 부르고 간호를 하느라 경황이 없었습니다. 제이는 정신을 차린지 얼마 되지 않았고요.

예의를 아시는 분이라면 정황 파악은 하시면서 상대방의 이야기도 좀 들어주셔야죠.

성난 들소처럼 들이받기만 할 게 아니라…

그렇지 않나요? 제이?

드… 들소?

네… 맞는 얘기긴 한데… 이제 그만…

175

아니, 왜 갑자기 제이한테 그래요? 우리 두 사람 이간질이라도 해보겠다는 거예요?

팟

이간질이라뇨? 사실을 물어본 건데… 제가 언제 이간질을…

뿌익

둘 다 그만해요… 그만 흥분하고 일단…

제이는 좀 더 쉬어야 한다고 말했던 것 같은데…

그러니까 집에 데려가겠다고 하잖아요!!

언니, 후작님께서 너무 시끄러우시네. 그만 조용한 우리 집으로 가자.

미안해요, 제이. 동생분께서 너무 시끄러웠죠?

몰라…
아침에도 금방
돌아오겠다고
해놓고선…

오늘 안으로
갈 거야.
평소엔 리사와
항상 같이 있잖아.

그러니 어서
사과드리고
집으로 가 있어.

…

…최대한 빨리 와.
기다리고 있을게.

제이…
당신은 여전히
내 곁에 있는데,

난 왜 이리
초조하고 불안한
기분이 드는 걸까?

당신 앞에서 난…
왜 이리도
무력해지는 거지?

아제프.
괜찮아요?

몸이 많이
안 좋은 거예요?

아…제프?

이 두려운 감정을
뭐라고 표현해야 할지…
잘 모르겠어.

그저…
당신을 누구에게도
뺏기고 싶지 않단
생각을 했어요.

…

날 떠나지
않겠다고
약속해요.

영원히
내 곁에
있겠다고…

첨벙...

...

안 돼··· 내가 지금
대체 무슨 생각을
하는 거야?

절레

거절하려고 온 거잖아.
그의 마음도···
코르디스의 파트너도···

하지만
그의 마음이…

자꾸만 진심이라고
믿게 되는걸.

꾸윽…!

문… 문장이…

두근…

슥

지금… 뭐라고 하셨습니까?

넌 꼭 두 번 말을 하게 하는 재주가 있어.

내가 이야기할 땐 항상 다른 머리를 굴리고 있는 모양이지?

죄… 죄송합니다. 말씀을 못 들어서 그런 게 아니라…

툭탁

아침까지만 해도 티아세 가에 들일 시녀를 준비해두라고 하셨잖아요.

그러니… 이제 필요없다고 하잖아.

알아들었으면 나가서 식사 준비나 하도록 해.

아... 알겠습니다. 그럼...

뭐... 뭐지? 후작님의 속마음은 도통 알 수가 없으니...

아, 잠시만!!

다시 생각해보니 있는 편이 낫겠어. 그대로 진행해.

네?

경계는 아니더라도 그녀의 일거수일투족을 확인해줄 수 있는 사람이 있으면 나쁘지 않겠지...

대체 왜 저러시는 걸까...?

그러고 보니... 엘제이 공녀님을 만나신 뒤로는 뭔가 분위기가 많이 변한 것 같아.

혹시…
아제프의 마음이 진심인 걸까?

그의 진심이 움직여
문장의 힘을
약하게 만든 건
아닐까…?

당신과 내가
서로에게
물들어간다면…

그래서 우리의 운명이
달라질 수 있다면
신의 문장도 완전히
사라지지 않을까?

당신께 저는 어떤 사람인가요?

그 상냥한 미소와
손길은 진심인가요?

제가…
당신을 사랑해도 되나요?

왜 그래요?
무슨 할 말 있는
것처럼…

…할게요.

당신이 날 원하는 한,
당신 곁에서 당신이 원하는
모든 걸 들어주고 싶어…

다시 한번
듣고 싶어요.
그 입으로 다시
말해줘요.

뭐라고
했어요?

당신의
코르디스 파트너가
되겠다고 했어요.

욕실에 들어간
그 찰나의 순간에도
당신을 떠올렸어.

마음 같아선 매일이라도
그 얼굴을 볼 수 있게
내 곁에 묶어두고
싶을 정도로…

대신, 아제프.
우리 천천히 해요.
그게 뭐든…

때론
천천히 가는 길이
더 많은 걸 볼 수
있는 법이니까…

고마워요. 제이.
고대했던 대답을
들으니…

주체할 수
없을 정도로
기분이 좋지만

그만큼
불안감도
커지는 게
사실이군요.

…불안감
이라뇨?

혹여
이 설레는 감정이
저 혼자만의
것일까 봐…

아뇨.
아니에요.
그런 거…

당신이 좋다면
…저도 좋아요.

생긋.

당신은 내 거야.
엘제이 티아세.

그대의 말처럼
때론 천천히 가는 것도
나쁘진 않지.

허나, 빠르건
천천히건 변하지 않아…

사실 제이에게
주고 싶은 선물이
있었는데…

식사 후에
보러 가지
않을래요?

선물…이요?

네.

너무 어두워지기 전에
보여주고 싶어요.

전 아무것도
준비하지 못했는데,
선물까지 준비
하시다니…

저벅

제가 좋아서
혼자 한 일이니,
너무 그렇게
부담스러워
할 것 없어요.

저벅

그렇지만…

받기만 하는 게
정 그러시면,

다음번에는 제이가
절 위한 선물을
준비해주시는 건
어때요?

207

제가 승마가
너무 서툴러서…

이렇게
훌륭한 명마를
탈 수 있을지
걱정되네요.

걱정하지 말아요.
원한다면 제가 더
가르쳐드릴 테니…

앗…

...

아! 그리고 다음번에는 절대로 떨어뜨리지 않을 테니까...

오늘 일은...

정말 미안해요. 제이.

피식

참... 이 아이에게 이름을 지어주는 건 어때요?

이름이요?

...아즈.

아즈라고 부를래요.

움찔

아즈라...
설마 제 이름에서
따온 건 아니겠죠?

아...
아니거든요?

집까지 데려다줄게요. 제이…

끄덕!

저벅

제이. 오늘 와줘서 너무 고마웠어요. 나의 파트너가 되어준 것도…

저벅

전… 사실 많이 불안하고 초조해요. 당신이 어느 순간 날 떠날 것만 같아.

당장 내일이라도 눈을 뜨면 당신이 사라졌을까 두려워요.

아제프…

하지만
당신 말대로 천천히
기다려보려 해요.

어떻게 해야 할지는
잘 모르겠지만…
이 마음을 참아볼게요.

그러니 지금은…
제이가 조금만
참아줘요.

두근

두근

그는 분명 아무 말도
하지 말아달라고 했지만

두근!

모든 사실을
고백해야겠다는
마음이 들었다.

지금 이 순간이 지나면
걷잡을 수 없을 정도로

아제프…

그를 향한 마음이
커질 것 같아서…

꼭 해야만 하는
얘기가 있어요.

…

저는…
사실…

문장이 있어요.
운명을 지닌 신의 문장이…

말해야 해.
어떻게든 이 마음을…

아제프.

저는…

제이야!?

후악

221

아…
아버지…

공작님!

…?

꾸벅!

아, 안녕
하십니까.

저벅

저벅

힐끔..

…란델 경. 자네 오늘 휴가를 냈다고 들었네만,

이 시간에 내 딸과 함께 있었군.

네. 공작님. 엘제이 양이 승마에 서툴다 하여 제가 알려주고 오는 길이었습니다.

그럴 리가… 제이는 어릴 적부터 말을…

…

…하긴. 자네의 말 타는 실력에 비한다면야 서툴다고 할 수 있지.

어쨌든 신세를 졌네.

무사히 내 딸을 데려다주기까지 하다니. 고맙구먼.

슥

답례를 하고 싶지만 오늘은 너무 늦었으니 다음에 한번 집으로 초대하겠네.

툭—

제가 엘제이 양을 붙잡아 시간이 이리 늦었습니다. 부디 혼내지 말아주십시오.

허허. 그럴 리가 있나.

그럼 난 이만 들어갈 테니 자네도 조심히 가게나.

제이야. 그만 들어가자꾸나.

네... 금방 갈게요.

란델 경... 그럼 안녕히 가세요.

데려다주셔서 감사합니다.

당신의 눈이 전하는
감정으로 온전히
날 채우고 싶다…

네 곁에
있을 수 있는 사람은
오직 나뿐이야.

엘제이.
내가 그렇게
만들고 말겠어.

누구에게도…
널 빼앗기지 않아.

아할테케로구나.
보기 드문 명마지.

엄청 예쁘죠?
후작님께서 선물로
주셨어요.

...

손은 어쩌다 다친 거니?

움찔

아. 이… 이건 별거 아니에요. 그냥 실수로 조금 베였어요.

휙

저런… 조심했어야지.

어디 좀 보자꾸나. 많이 다친 게냐?

슥!

아니에요. 그냥 가벼운 상처라 금방 나을 거예요.

주춤

…

제이야.

사실 이 아비도
너에게 주고 싶은
선물이 있단다.

짤랑

신석으로
만든 목걸이다.

너의 반려를
만나게 되면
그 신석이
문장의 색으로
변하게 되는 능력을
지녔지.

짤그락

뭐예요…
이게?

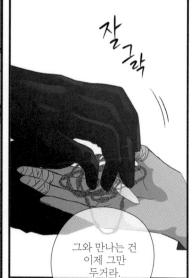

그와 만나는 건
이제 그만
두거라.

더 가까워지기 전에
진짜 네 반려를
찾아야 되지
않겠니?

흠칫.

아버지…

너무 서운하게
듣지 말거라.
란델 후작이
강단 있고 능력 있는
사람이란 것쯤은
나도 잘 알고 있다.

그가 너의 짝으로 부족하다고 생각하지 않는다. 하지만…

결국 상처를 받게 되는 건 란델 후작이야. 그를 위해서도 마음 주는 일은 그만 멈춰야 하지 않겠니?

절레

아버지. 혹시 문장이 지워진 사람이 있다는 얘기는 못 들어 보셨어요?

네 마음은 잘 알겠다만, 그런 일은 없다. 문장은 완전한 것이야.

네가 아무리 간절하고 애달파도 그 감정은 모두 한순간일 뿐이다.

지나고 나면 사소한 것도 잊힐 게야.

하지만…

233

아니야.
문장이 사라지고
있다는 이야기는
하지 않는 게 좋겠어.

멈칫

걱정이 많으신 분이니까…
게다가 소문이 자칫
아제프 귀에까지
들어갈 수도 있고…

제이야.
잠시 동안이라면
기다리려 했다만…

툭.

더는 위험하다는 걸
너도 잘 알지 않니?
곧 문장통이 덮쳐올 거다.
아비는 네가 고통받길
원하지 않아.

아버지!

다 널 위한 일이다.
이번만큼은
이 아비의 뜻을
따라다오.

하지만 아버지…
전 아무렇지도
않아요.

문장통이라는 건
사람마다 그 시기가
다르잖아요.

파르르…

애초에 내가 읽은
'신의 문장'에서는
엘제이 티아세란 인물은
등장하지도 않았잖아.

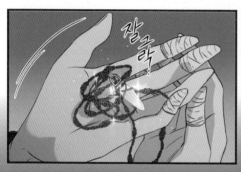

내가…
내가 맞긴 한 걸까?

그날 밤…

그만 됐다.
쫓지 않아도 돼.

이곳에서
철수한다.
그게 우선이야.

저쪽이다.
서둘러,
놓쳐선 안 돼!

그때 당신이 놓친 아이가

아제프란 사실을
알게 된다면···

안 돼.
상상하고 싶지도
않아.

절
레
0호

혹시
내가 놓치고 있는
부분이 있는 걸까?

끄
뜩

똑
똑

좀 더
신중해야 해.

차근차근
그날 일을 좀 더
자세히 더듬어보자.

분명 다른 단서가
있을 거야...

힐
끔

...시아?
괜찮으니 그냥
들어와.

참. 아가씨. 내일 새로운 시녀가 올 것 같아요.

사락!
지익

메이는 갑자기 일을 그만두게 되었거든요.

메이가? 왜?

좀 더 좋은 일자리를 얻을 기회가 생겼다나 봐요.

그렇구나. 잘된 일이네. 인사도 못 하고 떠나보낸 것이 아쉽지만…

네. 메이도 아가씨를 뵙지 못하고 떠난 것을 죄송해했어요.

사정이 조금 급했던 바람에…

어쩔 수 없지. 아! 시아… 이후엔 내가 할게.

꾸벅

그럼 아가씨. 물러갈게요. 좋은 밤 되세요.

괜찮으시 겠어요?

철썩

응. 너도 가서 어서 쉬도록 해.

내 몸에서 나가줘.

제발 사라져줘.

없어져줘.
제발…

이틀 뒤.

뭐 하는 거야!
젠장.

죄… 죄송합니다.
후작님.
자비로운
용서를…

용서하십시오.
후작님. 아직 어린
시녀인데 일이
서툴러 그만…

제가
단단히 주의를
주겠습니다.

뭐 해?
어서 데리고
나가지 않고…

힐끔

앗…! 네!

저벅

저벅

기분이 개같이 더럽군.
왜 그딴 꿈을 꾼 거지?

후으

이상하네. 며칠 전만 해도
마치 다른 사람처럼
기분 좋아 보이셨는데…

그토록 기다리던
코르디스 당일 왜 저렇게
예민해지신 걸까?

알모어.

네!! 후작님.

깜짝!

제이에게 줄 선물은?

여기... 잘 포장해서 준비해 두었습니다.

스윽.

뿌듯~

말씀하신 시녀도 어제부로 티아세 가에 들여보냈고요.

사아...

내가 준비하라고 한 것은 그것만이 아닐 텐데...?

아...

그건…
계속 물색하고
있습니다만, 꽤나
구하기가 어려운
물건이라…

죽고 싶나?

아… 아닙니다!!
조금 시간이 걸릴 뿐,
반드시 준비해
두겠습니다.
걱정하지 마십시오.

저벅!

저벅

저벅

세상에…
란델 후작님
이신가 봐.

우리 아가씨를
모시러 오신
걸까?

타
다
닥!

후작님.
공녀님께선
이제 곧 나오실
겁니다.

이렇게
늦어질 줄 알았으면
들어오시라고
했어야 했는데,

그러지 못해
죄송하다는
말씀을 전해달라고
하십니다.

꾸벅!

나는 괜찮으니
서두르지
마시라고
전해라.

쏭

사
아

이 냄새는…?

페르샤디스의
꽃잎으로 만든
희귀한 향수란다.

이걸 구하려고
얼마나 애썼는지
몰라.

저는
티로시 가의 차녀,
세시아 티로시라고
합니다.

일전에
에티아 가의
티파티에서
뵈었었죠?
기억나시나요?

스을

턱

지독한 냄새…

파ㅅ

찌릿

용건이 뭡니까?

아… 저.
그냥 인사를
하고 싶었어요.

멈칫

성보단 그냥
세시아라고
불러주셨으면
하는데요.
아제프?

그렇군요.
만나서
반가웠습니다.
티로시 영애.

아…!

저벅

타다닥

저벅

멈칫

아제프라니…
지금 내게 하대를
한 겁니까?

스윽

아니,
아니에요.

절레

절레

깜짝

그저 후작님과
친해지고 싶어서
저도 모르게 무례를
범했나 봐요.

울망..

일전에
뵈었을 때는
저에게 무척 친절
하셨는데…

왜 그리
화가 나셨나요?
혹시 후작님도
티아세 양
때문인가요?

부

픕!

엘제이 티아세
말이에요. 역시
그렇죠?

그녀는
무척 무례한
사람이군요.

제게도
먼저 편지를 보내
약속을 잡아놓고선
일방적으로 취소한
적이 있었거든요.

타
다
다

휙

미안해요.
많이 기다렸죠?

싱긋.

어서 와요.
제이.

저벅

저벅

제이~
오늘도 몹시
아름답네요.

티…
티로시 양?

이분이
어디가 몹시
아픈가 봐요.

자꾸
이상한 소릴
하시네요.

…

왜 그러세요?

얼굴이
몹시 안 좋아
보이는데…
의원을 불러
드릴까요?

아…
아니에요.

전…
괜찮아요.

티로시 양?
정말 괜찮
겠어요?

어딘가 불편하면
저희 시녀를
붙여드릴까요?

아니에요. 전 그만 가봐야 할 것 같아서…

타 다 닥

저렇게 보내도 될지 모르겠네요.

혼자 온 것도 아니니 괜찮을 거예요. 그보다…

제이. 어서 이리 와요.

…

타 닥!

아, 시아. 뒤에 마차를 타고 따라와줄래?

끄덕

네. 아가씨.

텅!

이제야…
당신과 단둘이
있을 수 있게 됐네요.
제이.

269

경기에
참가하셔야
할 텐데…
괜찮겠어요?

가는 동안에라도
눈을 붙이세요.
도착하려면 시간이
꽤 걸릴 테니…

푹.

당신을
보지 못한 이틀새
악몽에 시달려서 잠을
한숨도 못 잤어요.

나 너무
피곤하고
힘들어요.

다친 어깨는
이제 좀
괜찮아요?

스르르.

응. 다 나았어요.
하지만 정화도 할 겸
기분 전환이
필요해요.

만
지
작?

…해줄래요?

270

정화요?
그게 어떻게 하는
건데요?

꿈뻑.

슥.

간질.

턱

왜…
그래요?

아제프.
장난치지
말아요.

장난?
내가…?

움찔

틀렸어.
장난치는 게 아니라
널 유혹하는 거야.
제이…

스윽.

휘?

...이러지 말아요.

내가
뭘 했는데?

난 아직
아무것도
안 했어.

피식

그렇지만…
너무, 갑작스러워서…

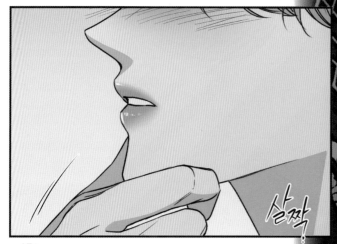

살짝

…안 돼?

아직은
조금, 무서워서…
겁이 나요.

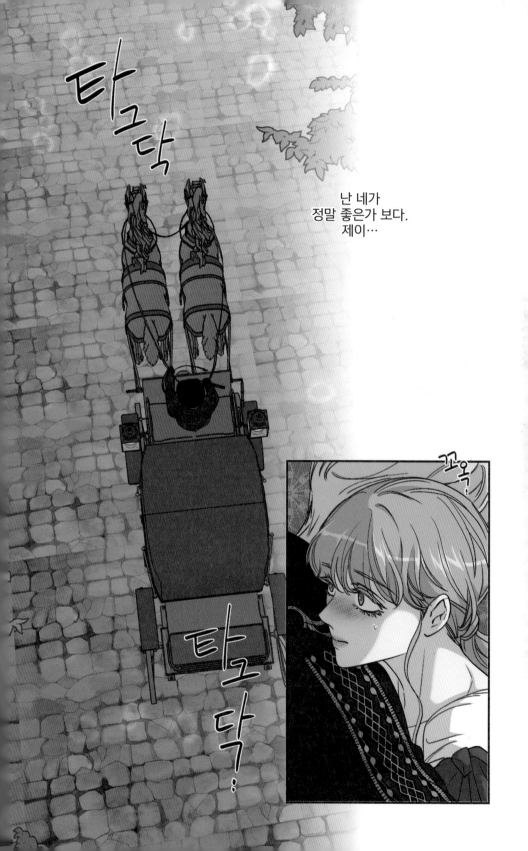

참.
잊을 뻔했어요.
당신에게 줄 선물을
준비했는데…

선…물이요?

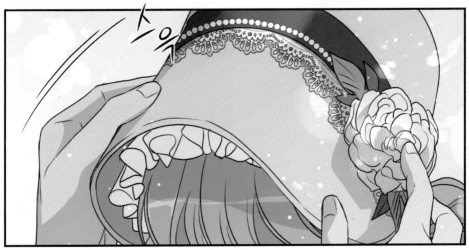

283

다 됐어요.

와아~

예쁘네요, 제이.
잘 어울릴 줄
알았어요.

싱긋~

부스럭

저도…
줄 것 있어요.

오늘
승마대회도
열리잖아요.

딱히 필요할진
모르겠지만,
잘 어울릴 것
같아서…

너무
마음에 들어요.
필요해요.

저 이거
필요했어요.

승리의 여신이
저에게 있으니
우승은 틀림없겠네요.

제가 꼭 승리를
안겨줄게요.
고마워요. 제이.

나도…
고마워요.

이럴 땐
꼭 아이 같아.
저렇게나 좋아할 줄은
몰랐는데…

참…

싱긋..

…그런데 아제프.
아까 장갑 끼고
있지 않았어요?

장갑이요?
아뇨. 어떤…?

이상하다.
잘못 봤나…

휘

이
이

벌써 사람들이
저렇게나
모였네요.

와~
하늘 좀 봐요...

네. 제이 덕분에
꽤 늦게 도착
했으니까요.

머쓱...

다행히
날씨는 참 좋네요.
그죠? 제이.

정말
시기적절하게 나타나
떠들어대는 건
네가 최고야,
알모어.

??

갸우뚱

만지작

왜요?
긴장되세요?

긴장이
되지 않는다면
거짓말이겠지.

사실 태어나서
처음 겪고 있는
상황이거든...

그러고 보니
소설 속에서는
리사가 이 대회에
나왔었지.

내가 리사보다
잘할 수 있을까?

오늘을 위해서
집에서 틈날 때마다
연습하긴 했지만…

에이~ 엄살은…
아가씨 승마 실력은
타고나셨으면서…

텁…

하하하.
실력은 무슨…

온전히
엘제이라면
그렇겠지…

코르디스의
룰은 잘 숙지하고
계신 거죠?

응. 총 8명의
본선 진출자 중
10바퀴를 먼저 도는 자가
우승하는 거잖아.

X 10

맞아요.
처음엔 파트너와
함께 출발하지만

5바퀴 이후에는
후작님께서
말에서 내려 깃발을
가져와야 하기
때문에

X 5

그때가 내가 혼자
말을 몰아야 하는
상황인 거네.

아가씨
실력 발휘하실
좋은 기회죠.
후후후~

흐... 망했어...

아…
달리는 건 그렇다 쳐도…
아제프가 말에 타거나
내리기 전에 내가
실수해버리면 어쩌지?

그래서
저번처럼 그가
다치기라도 하면…

후우~

꾸

욱

역시…
아즈보단 아제프가
몰던 제이드가
나았을까요?

3권에서 계속

악역의 구원자 2

초판 1쇄 인쇄 2021년 12월 15일
초판 1쇄 발행 2021년 12월 24일

지은이 명랑 잿슨
원작 연슬아
펴낸이 김문식 최민석
총괄 임승규
기획편집 이수민 김소정 박소호
　　　　　　김재원 이혜미 조연수
편집디자인 현승희
본문디자인 배현정
표지디자인 손현주
제작 제이오

펴낸곳 (주)해피북스투유
출판등록 2016년 12월 12일 제2016-000343호
주소 서울시 성북구 종암로 63, 5층
전화 02)336-1203
팩스 02)336-1209

ISBN 979-11-6479-507-9 (04810)
　　　　979-11-6479-147-7 (세트)